# S★N 星の名を名づけよう

村上利夫

文芸社

詩集　S・N　星の名を名づけよう

# 目次

挿し絵　井上利夫

# S⋆N　星の名を名づけよう

# クレマチス

インドネシアの動物園。キリンの長い首をそれて
覗く空、青空は　この世でとびきり　美しかった

＊

煤けた白いバンの後部座席につめられ
夏真っ盛りの空を眺める　カンカンと照る
たっぷりと水を湛えた水田に水牛がいて
空と水田だけが地平線を断裁していた
ぼくらは汗ばんでいた　とめどなく
こわばっていた

浅黒い日雇いの男は無言でバンを進める
話す言葉が違うのだから仕方がない
男は笑うとミソっ歯だった
雲の　なんとまあ巨大なことか　それを
もて余さずにいる空の　なんとまあ広大なことか
雲ノヒ　雲ノシロ　ハクジツノモト　ヒャクノ雲　イチニチヂュウ　ハレ　ハレ
泥だらけの水牛は知らないでいる
足元の張り水がそんな雲で埋め尽くされていることを
神さま
生涯時間と引き換えに　今
この時を止めて下さい
朝、再生の朝
森羅万象に光を届ける太陽　そして
たっぷりと水を貰った植物
から、歓喜のしたたりが落ち

音をつくる
くわん　くわん…　と。
前の座席のカップルは昨夜ケンカしたらしい
その島でつけてた香水の匂い、は覚えている
その島でついてたため息の数、も覚えている
伝統正装した子らが踊る　踊りを
神に捧げる
震動し始める間合い
真意か明《あきら》めたい思い
神々のすむ
ぼくの外で鳴る音は今もやまない
リキュールの上に白い花を浮かべてみた

＊

蓮の花の琴線があの空をすくい
クレマチスの琴線があなたの吐息をすくう
空、と名の付く詩を
花、と名の付く詩に
あなたは花を愛してた
バンの窓ガラスに青空が滑っていく
あなたの経緯を目でなぞる
あなたから目をそらす
あなたは絵付けされた柄のシャツを好んでいた
これから先もふと　そのシャツの袖に
あなたのしなやかな腕をとおして下さい
あの日が決して滲《にじ》んでいかないように
小さく区切られる窓ガラスからの視界

あなたはぼくの隣にいる
ぼくは焦燥とともにのぼりつめる
今すぐにでもこのバンから逃げ去りたい
この地から　この思いから
外国製のコカ・コーラが
灼けつく喉元を鎮静させる　どこまでも
排ガスを出しながら進むバン
風が夏空とともに入ってくる
ぼくは遠く息を吐きぼくは
この空と出会うたびあなたの名を
刺青《しせい》していくつもりでいる
南国原産の金魚がくるり踵をかえす
象の耳と金魚の尾っぽきれぎれに

バンはまだ目的地に着き得てない

# 星草コンパートメント

微量。とはいえ
ポチポチとニューロンが漏れ出し
彷徨《さまよ》う、
移動しつづける、コンパートメントで
安息を見込んでは
いけない
イエスがお創りした世界もまた
いつしか泥のように眠る
羊水の中でレム波が周期的に到来する
ややこには建てつけの悪い
夜行列車の線路の音
揺曳する意識　半意識　四半意識

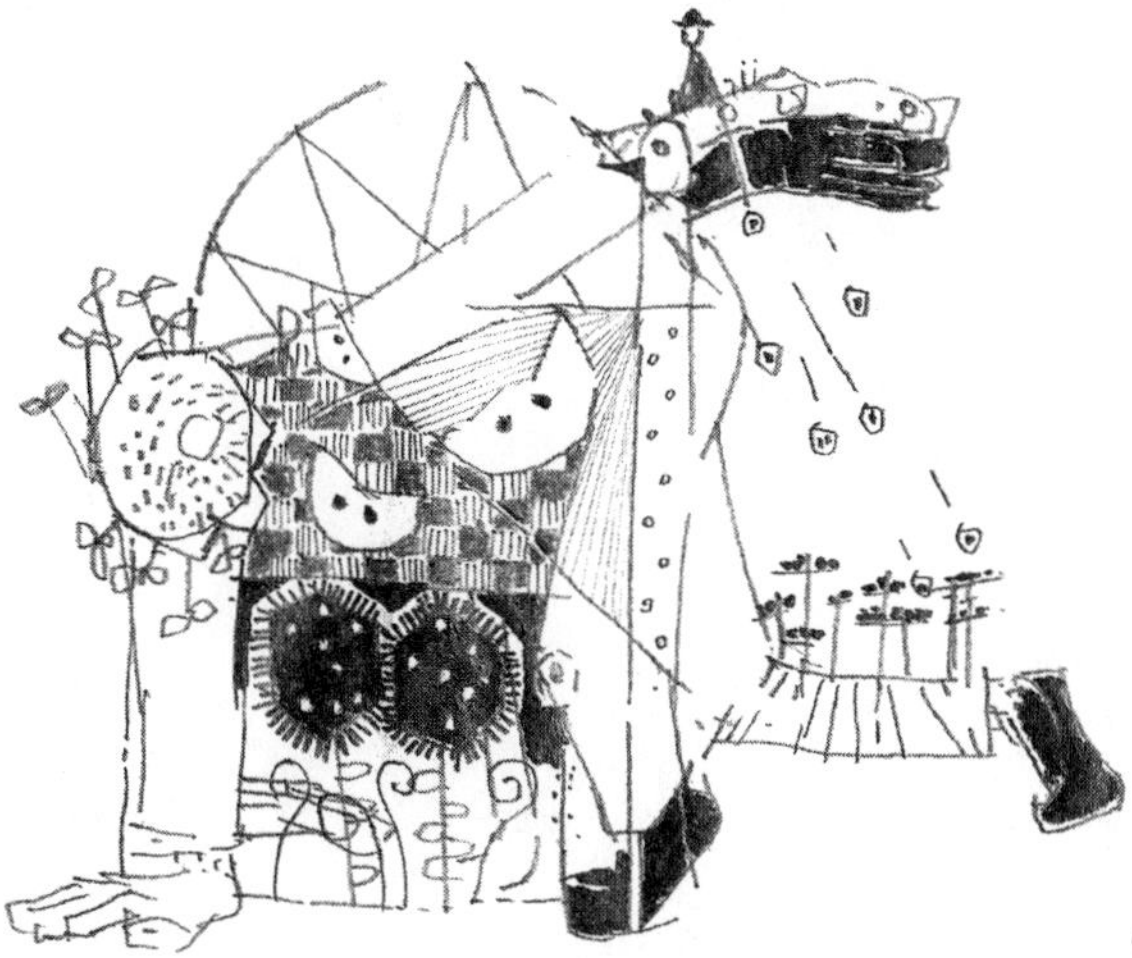

妖気醒めやらぬ深夜とも夜明けとも
縒《よ》れた冷たい皮革シートにポチポチと
ニューロンがぶつかり
消える

干し草のベッド　木綿のシーツ
ホシ草のベッド　モメンのシーツ
hoshi-kusa　　momen (t)
ドイツ　オーストリア　スイス

ニューロンが車窓を抜け出し
　　　　　　　ポツリ
黒い森へと向かい

ポツリ　　　　　　ポツリ
ポツ　ポツ
ポツリ
夜軍《よいくさ》で今なお戦う兵士の頬に
プチリ　　　　（星になる）

丸め込んだ肢体の片側に
ウインドブレーカーをかける
くるまれている

# 七日目

たった一本のえんぴつは、
　倚子が見たくて
　　ふたり。寄り添うはずの倚子

たった一本のえんぴつは、
　ピアノが見たくて
　　ファ。の音を失《な》くしたピアノ

たった一本のえんぴつは、
　ジョウロが見たくて
　　水。の溜まらないジョウロ

たった一本のえんぴつは、
　傘が見たくて
　　翼。にはなれなかった傘

たった一本のえんぴつは、
　屋根が見たくて
　　雨しずく。の最後を待つ屋根

たった一本のえんぴつは、
　プラタナスが見たくて
　　雨のち晴れ。の待ち人に木蔭を添えるプラタナス

こんなにわかりやすい思いが、ノートをいっぱいに充たします
こんなにわかりやすい思いが、ぼくを　いっぱいに充たします

# 黒い実のなるオリーブ

深夜四時過ぎの自動販売機
寒波の残る副線道路の脇に静かに立つ
無作為に
でも
ボタンに触れれば商品は出てくる
あやうい恭順に
ぼくは傾倒していく
ときに頼みもしないものまで出してみたり

夏には（つめた〜い）を
冬には（あったか〜い）を

偽造コインでも君は（あったか〜い）で応えてくれるか

その昔
ルーレットの点灯こそ幼心《おさなごころ》を
めまぐるしく席巻し
当たり間際でペースを緩めていく君の脈動に
鼓動が
高鳴っていくのを覚えた

新機種の台頭
その脇の自動販売機
イニシアチブは彼女が持つ
今日はすべて売り切れ
ひとつのボタンを残して　つまり
「ここに触れて」　そうせがんでるような　だから

ぼくは従う
口蓋垂《こうがいすい》に刺さる魚の棘を抜き取るときの悦楽
にも似た

気がつけばぼくは毎日自動販売機の前に立っていた
百円硬貨一枚と十円硬貨二枚を握りしめ
彼女もぼくも口を噤む
いつものように
硬貨を挿入する行為を　恥じた
静かな暴力

彼女は今
スペイン国境沿いの夜行列車の中
ぼくは硬貨を持ち

彼女は缶ジュースを持つ
相変わらずだ
六人用のコンパートメント
列車は疾《と》うにスペインを後にしていた
硬貨を渡さないでいる決断はまだつかない
コンパートメントに
手をつないだ老夫婦が入ってきた
ここでは
当たり前の光景として
そっと
鉄の躰を抱きよせてみる
彼女は痩身だった
陳列棚には黒い実のなるオリーブの葉だけが並んでいた

老夫婦が寝息をたてる

# 鉄とタンデム

鉄は熱いうちに打て
鉄は、
朱《あか》いうちに　打て！

否定性のない鉄を　叩く、打ち込む
打ち込んでいく　鈍く、しかし力の限りに
冷えきった鉄と冷めきった己を
出会わせねば
発光せよ
打ち込まねば
柄《え》を摑んだ手が硬直して開かなくなるまで

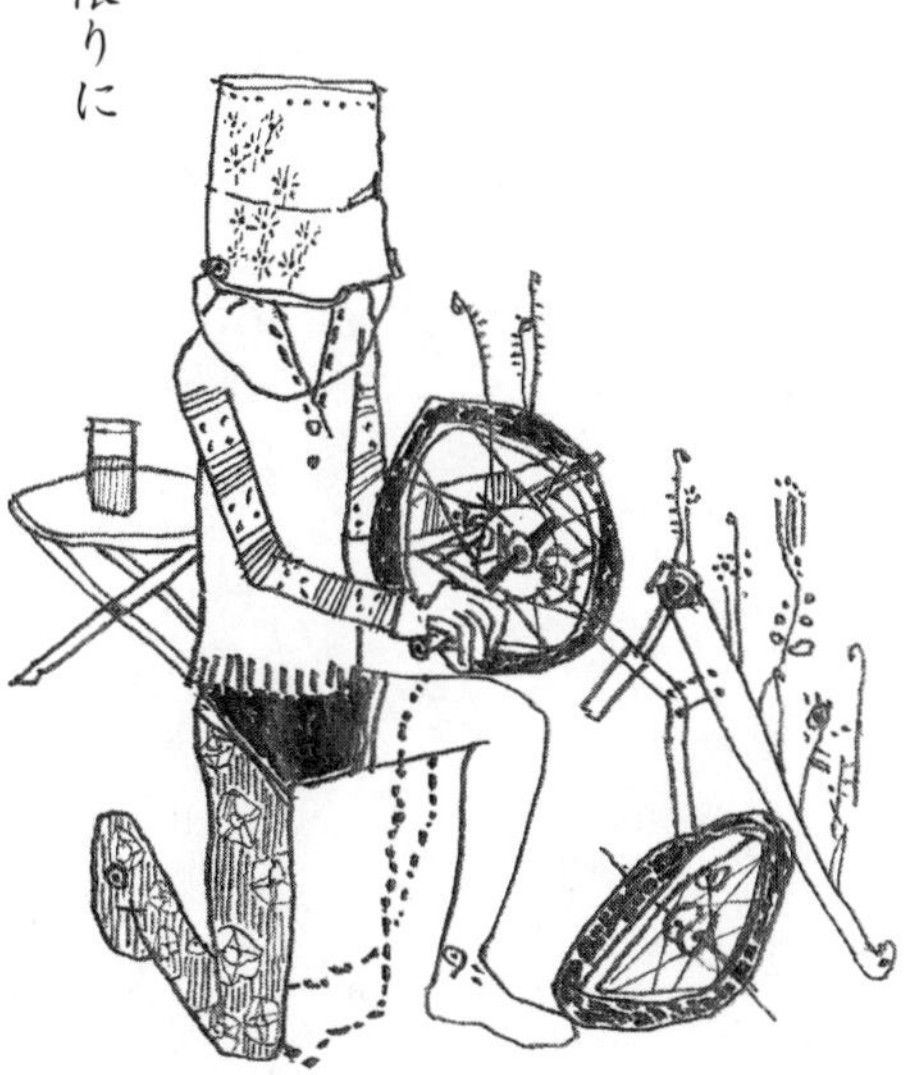

「疾走」　その響きに憧れた
鉄。鉄とタンデム。

次のシグナルまで辿りつけるか
駆け抜けたなら生きろ！
（逡巡や辟易）は青春時代の代名詞のようで
息絶える
重心を失った筋張った男の不似合にも毛深い手が、
アクセルを目一杯に回す
タンデム。
風に声がかき消されても

ブロワで会った乱杭歯の少女が笑う
与えられた空と地の境目を笑う
危険性のない人喰いに　笑う

少女の喉元が無性に純血だった
ぼくはイケナイ場を凝視し続けている

息つく間もなくひとりだった
ポカンと蛍光灯を見上げても
タンデム。
ぼくには不安だった
深夜四時　うん　と返事をする

# ぼくらの正義は宇宙のココロネ

ぼくの正義は宇宙の正義
正義が、深海の底の底まで追いやられても
ぼくの正義は宇宙の正義

そして、ルーカスの展覧会を見終えたなら
あの　東京タワーへむかおう

自動販売機の明かりが、夜道を行くぼくらを照らす
もう、《秋味》の季節かぁ
買う？　買わない？　とＫ君
Ｋ君の高揚した声がつばきを飲み込んでいた
冷えた缶ビールがコンッ　と落ちしゃがむＫ君
顔のほころびようが、
オトナゲナイ。
ほんわかと。。

初夏のポケットから
とっときのピーピー豆を満足気に取り出し
ひょいと唇にくわえるK君
それでいて　ラッパズボンはいつもズタボロだった

赤く光る東京タワーへと
歩く二人組
シドロモドロのK君と
不器用な
シンクロナイズドシドロモドロ

二人はホーキ星。
コーリの尾っぽは照れながら伸びていく
見テ！　見テテ!!
キラリ、　発光した

二人でむかうパイロンまではもうすぐ
　進入直後、
　くるり旋回、
　入射角度も、
　良好良好、
あれ以来　東京タワーへは行っていない

血もないくせに
骨もないくせに
ただひたむきに曲がらなかった
真夜中に舞う
大都会に舞う

哀しきくらげよ
その半透明なゲルの傘に
譲れない星をいくつしまうのか
触手に光る蒼白《あおじろ》い星粒はすべて
K君から貰ったもの
ボーズ頭。
ト、
ザンバラ髪。
ト、
ワライ皺。
今日は蝶番《ちょうつがい》の調子がいい

# 24号棟のプール

夜のプールに触れるエメラルドの水　何もかもある一室から始まる
丘を駈け上がると眼下に海が、広がっていた。

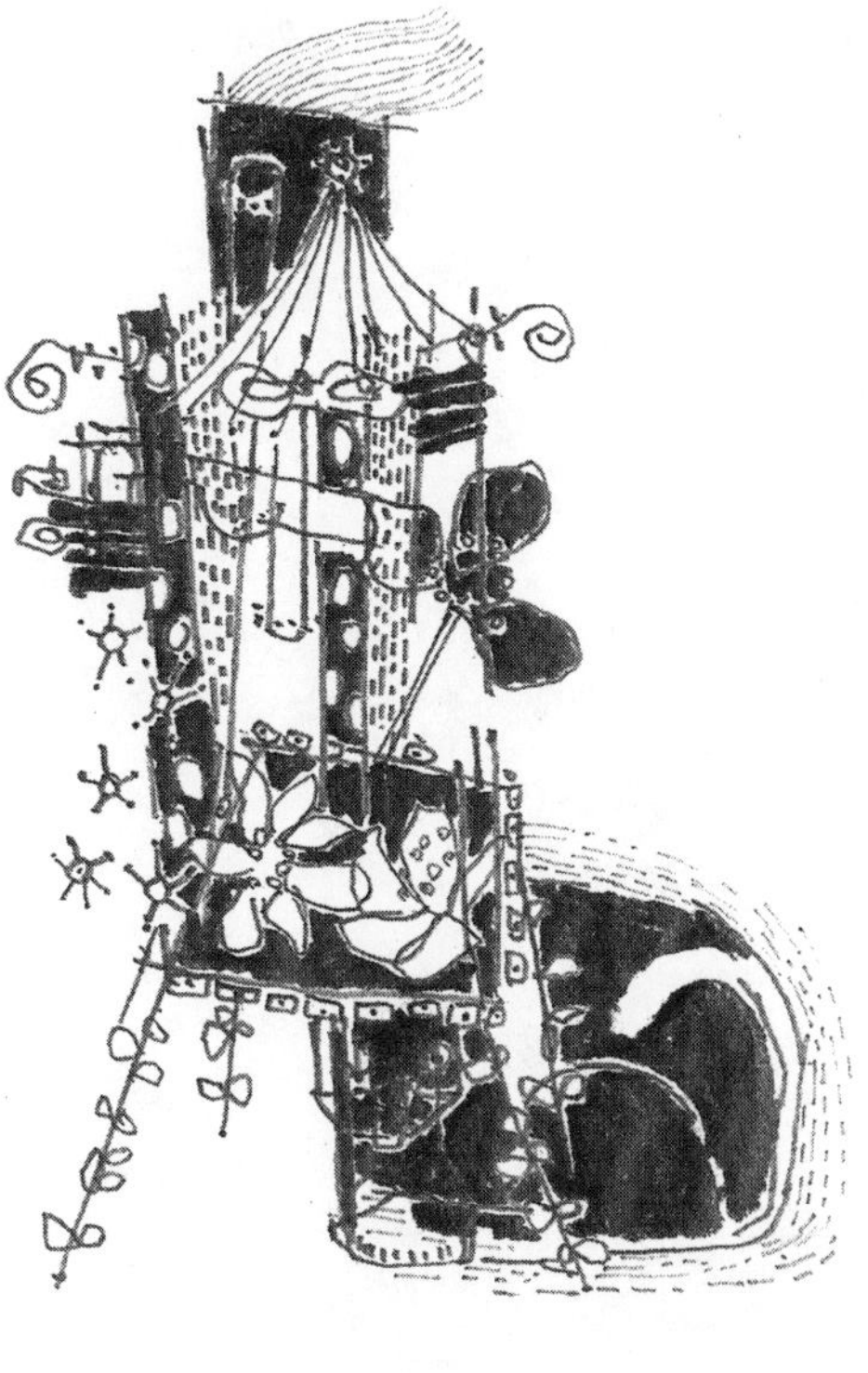

次第に心が閉じていく　言葉は出所を失う
新しい街そして
一室。新しい一室
森の木々を乞い　その葉脈を散策
しても心ある人に会わず
森もまた閉ざされて
真夜中の冷蔵庫に唇を冷やす
少しまた都会の石畳に雨が濡らす

11月
夜のプールに出向いて氷皿でその水を掬う
宇宙線がスーッ
分割された水をすり抜ける
その時　中性子――カプセル入りの言霊――は反応した

一斉に
ヒスイ色した星の種子がわき上がる
何万tものプールの水が星の脈動（パルス）を解読する
今日のうす汚れた空色がはがゆく記憶に沈む

11月
夜も明けきれず薄暗い
縋るように通勤バスに紛れこむ
運転免許試験会場へむかっている
匿名性を帯びたヒトたち
の吐息で窓ガラスがくもる
オレンジ色したぬくみの中
深くシートに身を預け
今日は
眠りに就いた

黒板をただひたすら「欲」という文字で満たす
「蛙」という字を水に浸す
自転車のタイヤをゆっくり回し溝のゆらぎに踊る
ニヤリ、異常をきたす

厚い鉄の扉に11月の冷気
尾底《びてい》にその冷気を受け
臨む〈おさびし山巡礼〉
先のバラついた筆で闇を穿つ　ことを強制される
祈りにも似た
ごみ箱を漁《あさ》って徘徊するのも巡礼のひとつか
夢を見た〈はい虫の〉
雪の降る〈ムーミン谷〉

スイッチを切ったブラウン管を眺める
明日を眺める
明日もまた　同じであろう
だから今日も
エレベーターの前に立ちボタンを押す
そうしつづける

# 青いカラーインク

――豚は死を以て食肉となる。　有用である。――

実現させないからこそ夢だ、とそう
嘯《うそぶ》いてみたり
人知れず　大切にしまいこんだ
たったひとつの夢
その夢を
大学ノートに置き去りにして
胃袋を
睡眠薬で満たした
（台所。だった）

指さえ無い蜘蛛は
巣をしつらえるのに余念がない
おそらく
小難しい幾何公式を暗に繰りながら
（糧。だった）

日の光は全能で、一切を
洗い晒しにしてしまうから　怖い…　怖い
怖くて、胸の中では本当は　怖くて…。
日が射す前に
大量の睡眠薬を　貪る
（6V《ボルト》ぽっち。だった）

実験に借りた犬猫のたぐいの煙が

大学病院脇の煙突から　毎日
立ちのぼっていた
煙突の名は一度も　耳に　しなかった
炎に焼かれた菌たちも
まだ、灰色の空に
連絡をとりたがっていた
花を、
いくら空に手向《たむ》けても
空は、
水を打ったように　静かだった

まだ、
まだ夜。

背中の方だけが

自分でないような気がして
地べたを　這いずりまわる
冷たいアスファルトの
道に残した乱雑な爪の痕さえ　今日の
解決にはならなかった

# ライカ犬

卵が、
鮭の卵が、
君たちが生まれた冷たい川を一斉に
鮮やかなオレンジ色に　染めあげる

オスが、
鮭のオスが、
あらん限りに下顎をあけ
精子を
あらん限り、絞り出す
君たちが生まれた冷たい川は　とたんに神神しく
天の川のよう

腹を空かせたグリズリーが
君と

一期の接吻を交す。　一方で、
ぼくらは
年金の授受を算用し
イクラと名付けた卵《ピル》を口いっぱいに頬張る

イクラ
ルーデサック
市場価格制御

雪が解け
春キャベツが身を太らせる…る。ル。　ルーデサック
市場価格制御

出荷される春キャベツと
選に漏れた理不尽？　な淘汰

豊作を　諸手を挙げて
喜べない…い。イ。　インポテンツ
出生率制御

魚群探知機進化改良
俄《にわか》に　沸き上がった漁村の民
皆皆ヒカリモノ－ラッシュ
で、こぞって　己が首を締め
魚は海へ
カエルことを忘れたよう
鰺、鯖、鰯、　――ホロコースト－コースト――
回遊魚の　出口の見えないルーティーンワーク
分厚いアクリル板の中

伸びたり、
縮んだり、する君たちは　これからも
左まわりだけの一生を過ごす
そのうち
右まわりだかのベルトで列車ごっこ
娑婆の空気に
痩せてゆく切り身
一皿　二皿…　三品　四品　――オカシナオカシラ――
明日、
下水で存分に　泳ぐがいい。

ベツバラ、バンク、果て？　はクローン
恵みの権化は匙を投げた
造る《クリエイト》　などと言わず
明日、にでも

雨を　存分に乞うがいい。

ぼくらの腹は
四六時中　満たされて余りある
満たし足りない気分の方は
日替《はや》りの形式《スタイル》で満たす…す。ス。　　スキンレス
堕胎児制御ー不能

屠られ、悲鳴をあげて
逝く豚は
お得なランチコースの／そのデザートの／その前菜に／、…すぎない
君が流す10リットルの血への感謝もなしに
今、
ソースに絡まる肉汁に　嬉嬉と鳴る

『うぁー　すご～い』！
たった……
それっぽちの……
……
コトのハ。

長い毛をした家猫が
糖尿を　痛風を　患う
口いっぱいに
イクラを頬張って。
連綿たる四足歩行者の気高き誇りは
イクラとともに
プチプチ弾け　消えてゆく
……

市場価格制御
市場価格制御

ナフタリン

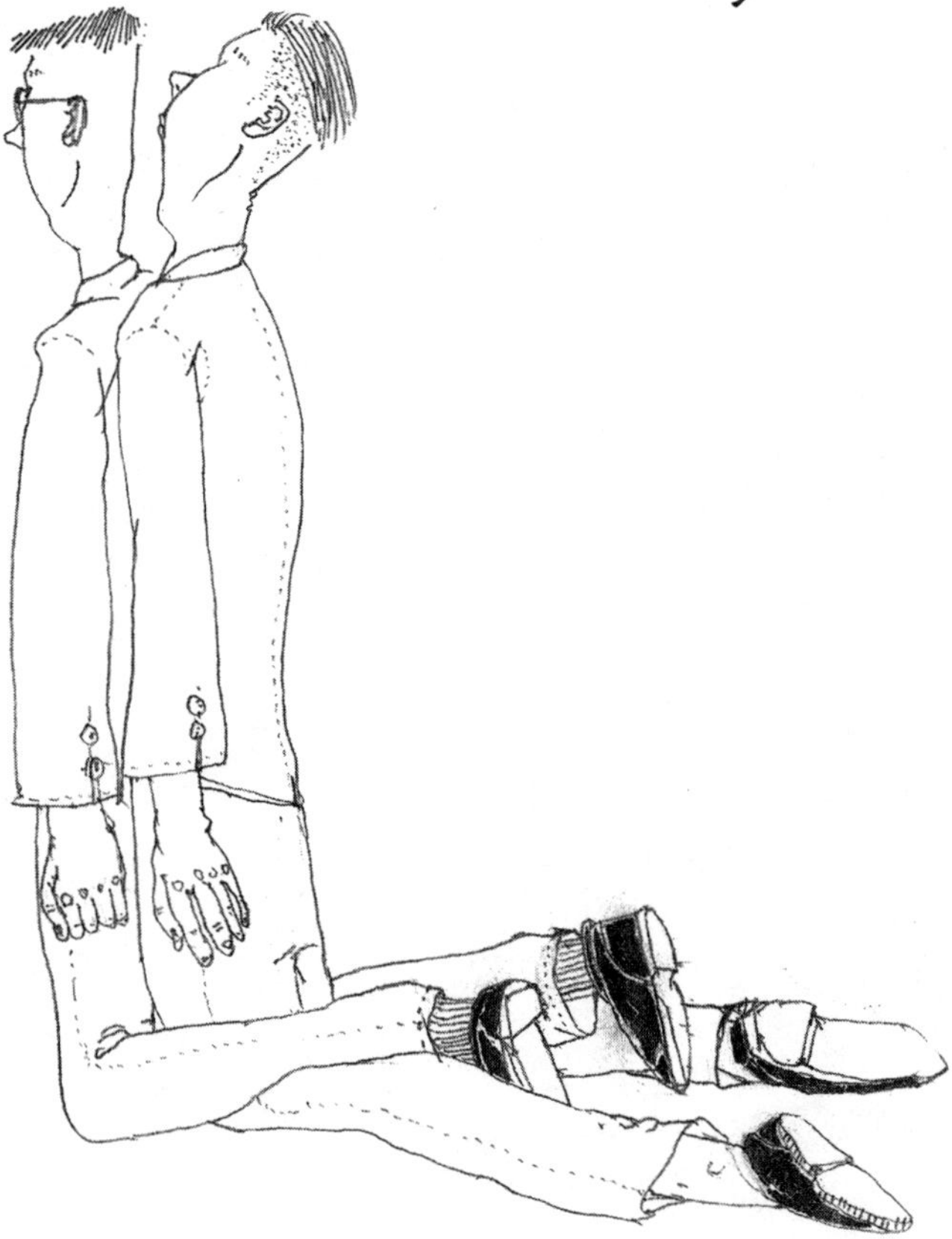

アンティークテーブル、
アンティークチェア、
舶来の食器、
季節ごとの生花、
それと
代わり映えのないコーヒー。　程度が飲めるカフェ
午後は、
偶蹄目《ぐうていもく》中年女たちの暴徒で幕があく
ツバをつけ　ツバが臭う
集いの小屋《カフェ》に
品《しな》しさは、
携えない　女。女女女。
女《やつ》らこぞって頭をかしげ、　カップの
裏底に視線をくれる
マイセンならマイセンの

偶像するに足る証《しるし》
とたんに女《やつ》ら、マイセンと為る

ライカM3を
やっとのことで手に入れた奇蹄目《きていもく》中年男
種付業務遂行完了!
余生は、
〝ライカ〟な写真を撮るべく
〝ライカ〟な被写体《もの》を物色
とたんに男《やつ》は、感性《センス》まで　ライカと為る
〝ライカ〟なボクちゃんと/そうでない　ボクちゃん達と

*

箱——。
ゴミ箱トビ箱フデ箱ゲタ箱ヒャクヨウ箱、
、でない箱
鞄《バッグ》／車《クルマ》／家《マイホーム》／
経歴／肩書き／器量良し／　などの箱
〝
箱ノ住民
！
右へ倣へ
‼
〟
長い間つきまとう水が、腐ってしょうがない
頭皮の脂が、ナマ臭くってしょうがない
やけに

箱が欲しい。
名のある箱にしてやれなかったこの、　　ヌルい箱に

借金まみれのこの国が
富める分だけ富んでやれと　のべつ幕無し
箱を産む。

拙戦の切り札をきる。
老いも若きも男《やつ》も女《やつ》らも
マウス片手に
箱の中で箱を売買
箱の中の箱と——

箱を買う
つまり

気分を買う。
……
金がかかる
安心も買う
一層、
金がかかる。
不安が
……
のしかかる。。

子供（ホケン）という箱
子供（ユメ）という箱
負け組《エコノミークラス》の精子《たね》や卵子《たまご》じゃ、気分がでない
鳶《とび》に悪いが

見渡す限り、
鳶という箱

……
名を消したい
消したくてしょうがない

# あすなろ

女――
眉をむしる
重ねて、髪を染め変える
ピアスで穴が、また増えた

男――
髭をむしる
重ねて、足周りを買い換える
賭場にて借金が、また増えた

待ちわびる
　プチ－イベント
巡り来る
　ロンドの谷

埋めたい。
　埋めたい　　…時間を
埋めたい。
　埋めたい　　…孤独を

埋めたい…　埋めたい…

自分だけ、
とり残されてる気がして

巻――
夢中になってるヒト―特集
〃イキカタ―展示即売会はこちらとなっておりマす〃
〃もれなく　擬似《フェイク》―ウルルン差し上げマす〃

褻褻褻ケ褻褻褻
プチ―晴レ　プチプチ―晴レ
ニキビができて　プチプチ―晴レ
苛火禍力花果歌

プチ－感動　プチ－共感　プチプチ－勇気

夜明け前、
彼は誰　誰が誰　誰が為
PKO　NGO　TKO
さえないツラひっさげたボクらに
この「現場」は、
…おっかない
唯唯
ヒトカラゲにこねられていく

ボクはイナイ
　ボクらは　イナイ

必要とされたい
　必要と　されたい

プチ－裏切られ　プチ－疎外され
己が為に棲む　個人個人を
殺したい…。
殺してやりたい。
親であれ　友であれ
逃げ出したい　今、ここから
逃げ出してしまいたい　…今すぐ
高い、　高い囲いを用意して!!
救《しあわせ》いが、
そこにだけ　あるような気がするから

「現場」に怯えるボクらを尻目に

唯唯
コトバが精製されてゆく
研ぎ－コトバ

時計を気にしながら
喜捨を待つだけのボクらは
春が来ても　一向に
キレイにならなかった

# ベーコン

安寧な昼間に
吠える犬のことなど　気にも留めない
でも何故か
日暮れあとの犬の吠える声は　どうも
気にかかる

曲がり角の要所要所に外灯がともる
蒼白《あおじろ》い光の裾と暗部の境目に
身を潜める犬
蜜月とあらば涎を垂れ
辰巳の方から飛びかかり
端から

舐めてナめてなめて、
カケテトケテスケテ、　逝く月

役立たずの深夜の犬が
ブスブス言うかこぼすかして…　寝つけない
窓を開け、
露点に達した呼気が…　白くない

ガイガーカウンターに映る微弱な数値
フィルムの粒子が片っぱしから反応をやめない
サラな記録にすら　ノイズが侵入《はい》る
ついさっき喉を、
通ったはずのホットレモネード
その酸が犬の銀歯を腐蝕させ
ドブ臭い口内で　くすぶる

## 烽

毎年毎年
保健所《ターミナル》は犬でごった返す
数十万の犬ー数十万の犬　が帯電し始める
吠えに吠え
色の失《な》いチェルノブイリ
染色体異常に　気づかない日常

毎夜毎夜
騒がしい犬に灯油をぶちまけ　火を放つ
数分後。外灯の犬。鳴くのをやめる。
燃えに燃え
朱いー朱い　ベテルギウス
焦げついた臭いに　気づかない日常

# 脱・抗菌レース

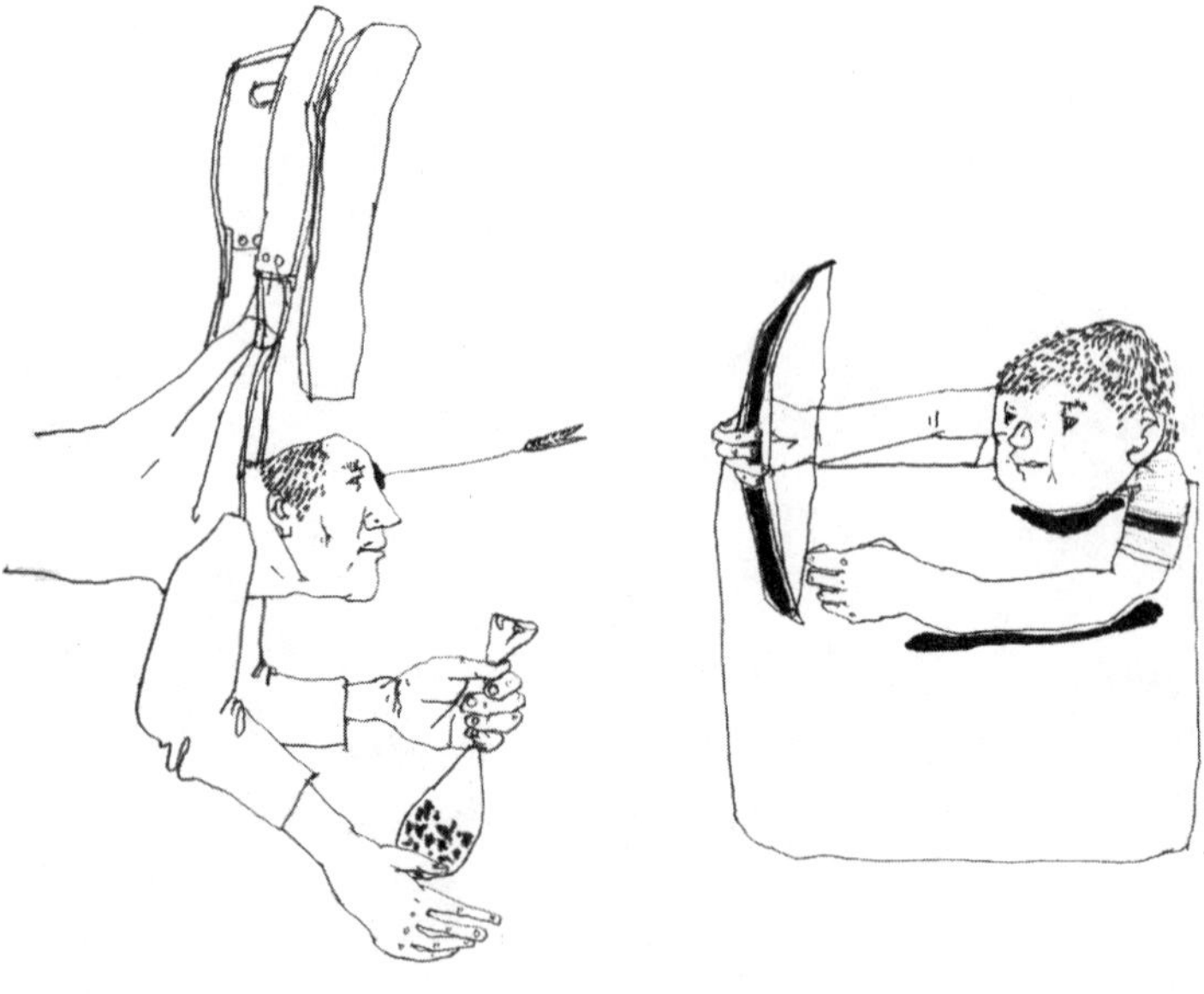

授業中の学生たちは、ひとつの机をシェアして、
互いに向かいあって、互いの孤独を確認していた

同じように生きたい。
誰かと。
生き方のサンプルなら　どこにでも落ちてて　でも、
でも彼らは　拾い食いにも虫唾《むしず》を走らせたがる
アウトレット・ガール

混じり気のない自我を求めるのも　そうそうに
情報保菌者たちは好んでひとつの体系へと収まってゆく
石榴《ざくろ》のひとつひとつの窪みの中

自称－変わり種たちは
すやすや眠る…　獣っ気なく

欲。
欲シテ、
欲してたまらないのは、
野太い声。
掠《かす》レ　震エ　毳立《けばだ》ツ
—女の声

常温。　臭みをかもす海老の殻
排水口。　屯するそれら残骸
木霊《こだま》する、

—野太いビート
尻尾さえ　頭さえ

葡萄茶色《えびちゃいろ》の色鉛筆が
ボキボキ折れる　折レて、
仕方ナい。
、くらい折れて
あれほど思い通りに　線を
なぞリに、
なぞってくれたのに

ばらまかれた残骸が　片っぱしから
　ビート。　ビートが
襲う　襲イに、
襲いまくる

台所の隅。鼠の糞。　クロ山の、
人だかり　たかりにたかッて、
くる蝿の　多いこと多いこと

負けじ！

蛍光ピンクの殺鼠剤。　ヤマを
つくる　つくればつクる。
、ほど糞。鼠の糞！
黒。
蛍光ピンク。
どちらがこの、台所に相応《ふさわ》しい

色彩浄化。

鼠。姦淫されてゆく赤いトマト
ジュるジュ　るトマト
六日間の断食…
——糞がでる。
、でる

その、
野太い声。　　で、うたうその、女
ラリルレロ
ラリるレロ。
の、うまく言えない情報保菌者たち
前を走る車はどこにでもある中流家庭のそれ
普及サスが、

感受性の襞さえ　吸いとって走る。
、から
あの年齢《とし》にして少年は
平滑な一生を、確信した

フロントガラスを越え　リアガラスを越え
中で
、頭。　激しく揺らす少年
、内耳。　めり込む殺鼠剤——蛍光ピンク
出ない
出ない　耳、

# 星《せい》餌《じ》

釣りの周辺
かえしをつけたのがヒトの叡知

適当な瀬を見つけ携帯イスに腰掛ける
海水面に咲いた蒔餌《まきえ》が底へと沈む
修善寺からのバスの中うつらうつら
海、肉塊。
青い空の向こうで銀河は今も衝突し
夥しい数の星を誕生させる
夏花火
浴衣の下で汗ばんでいる肌に
パッションを届けよ

遭遇した夜光虫の群れ
　たしか昼間は仕事もせずエメラルド色した海で泳いでたっけ
　K君のパンツのゴムも伸びきっていて
海に、
なる。
いずれ
海深き星の噯気《あいき》
ガスで満たされた泡の中でお前は何を　喰う

切り立つ一枚岩に登りつめ
果てなくうねる海に見入る
星の「いとなみ」そして　絶え難きエナジーを浴びる
阿鼻叫喚
トットットットットッ　脈打つマグマのリズム

根刮《ねこそ》ぎうねる海の獰猛《どうもう》
空気層にかき消された轟音は内耳にまで届くことはない

宇宙の原理が
ぼくとその周辺をプチリ
踏みつぶす

# コンビナート

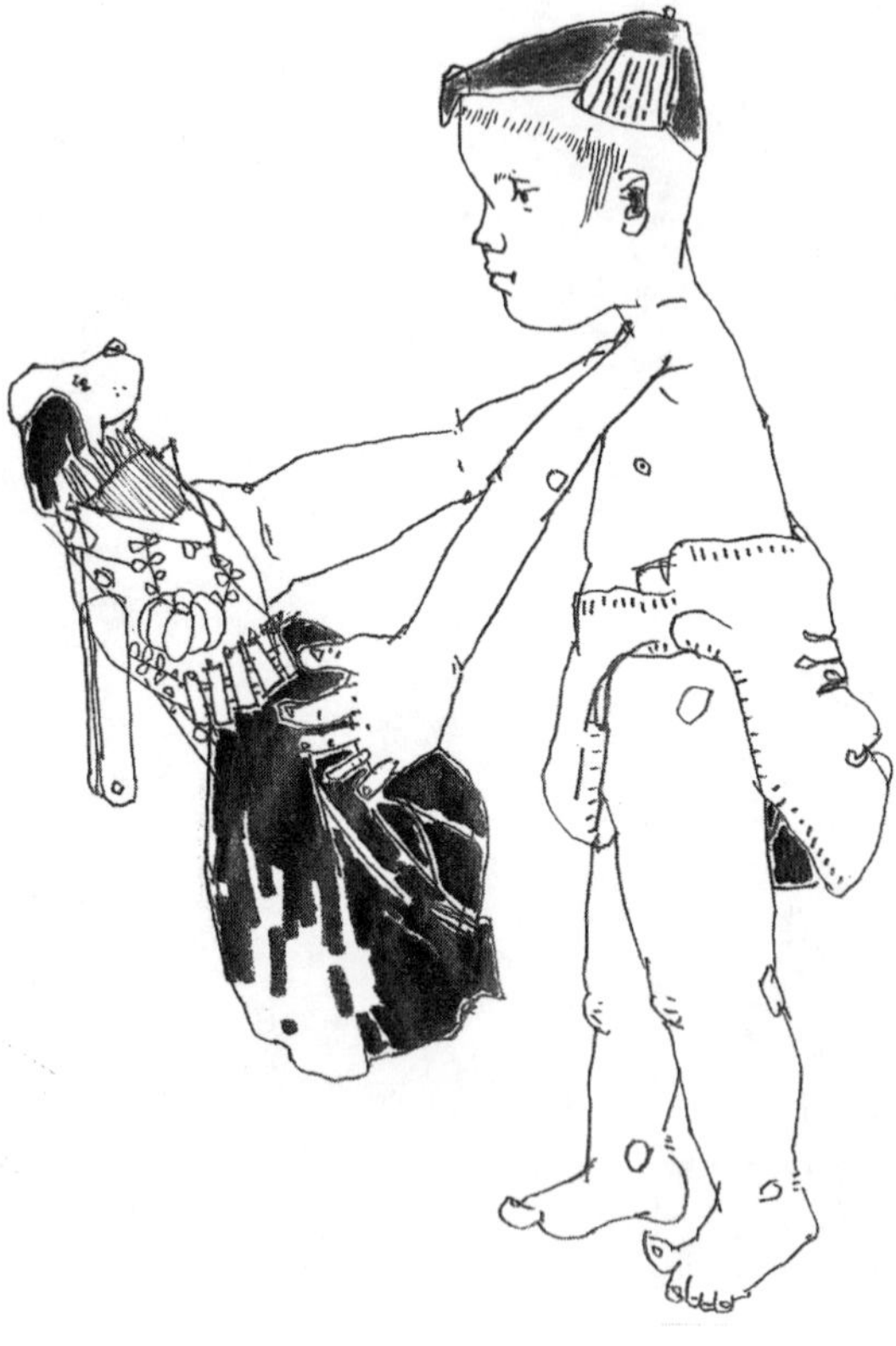

18リットル入りの赤いポリタンク　ふたつ
小古い自転車の荷台にゆわいつけ
3車線もある大通りを
悠然と渡る老いた女
派手目なマフラーが　冬の工業地域に目をひく
新国道4号は　高架となり
額の彼方　地平のこっち
行き交う貨物トラックの向こうは、空しかない

前の日
喫茶店に集まっていたのは4人の妊婦
スタンドにて
給油を受ける女は　妊婦ではない
、ただの女

女。の子宮と4輪駆動車
地球より搾取したエナジーが給油ポンプのゴム管に流れ
ドゥクヌクと
タンクに受け渡される
そのエナジーに景色が　溶け始める

知らないと思うが
ガソリンは…　赤い

4人の赤児は出てきた――4人とも　そぼ濡れたまま。
ポリタンクの老いた女には孫がいる――無条件幸福。

給油の
終わりを待つ妊婦でないただの女。は、
手元の小銭の帳尻を　気にする

4人の出生は　未だ知らない

保育器を
幾重にもわたり
人が　見てゆく
決して、
もの珍し気で　なく

知らないとは思うが
その女の、
血の色は…
赤い
――
たぶん

# 大陸と産毛《うぶげ》

硬度の高い水が
人知れぬ
山の麓に湧き　滲《にじ》む
ヤマ（yama）…
…触れる水のとまどう有様《ありさま》

南氷洋の一角を
手のひらほどのコップに借り
琥珀色の外酒《そとしゅ》に浸たす
コーリ（kōri）…
…触れる酒のとまどう有様

散散。
糞生意気な
糞飼われ犬に追いまわされた夏
白い…　自転車だった――。
〈青空〉が似合う青空
と、入道雲
ありったけに灼けた首すじに　付着した
ありったけの汗、　の中
の中の〈青空〉、　が似合う青空…　の
ポッカリ空いた、
空の真白《ましろ》の
奥の奥から湧き　滲む
ソラ（sora）…
…触れる雲のとまどう有様

息。急き切って駈け上がる
ポピーの丘
産毛に揺れるしなやかな茎の原
風と、
大地の触手と、　　この身。
碧《みどり》のモルヒネで宙を舞う
十字に重なる花弁の黒
花嫁にぶちまけた
コールタールの
悪臭突き抜けたその、黒
そのひと隅に太陽が　烈烈と
燃えたつ
つまり――――　恋
ポピー（popī）…

…触れる深紅のとまどう有様

この有様
この星のヒトたちへ

一周まわって　吸って吐いて
あなたの子で　本当に良かった

たんじょうび
　おめでとう
早いもので　もう25歳
利夫を出産した時の事
　きのうの事のように
覚えています…
　　　　　　（略）
　　　　　　　——母より

出生の前後　ぼくが　迷うことなく
腹を括り、

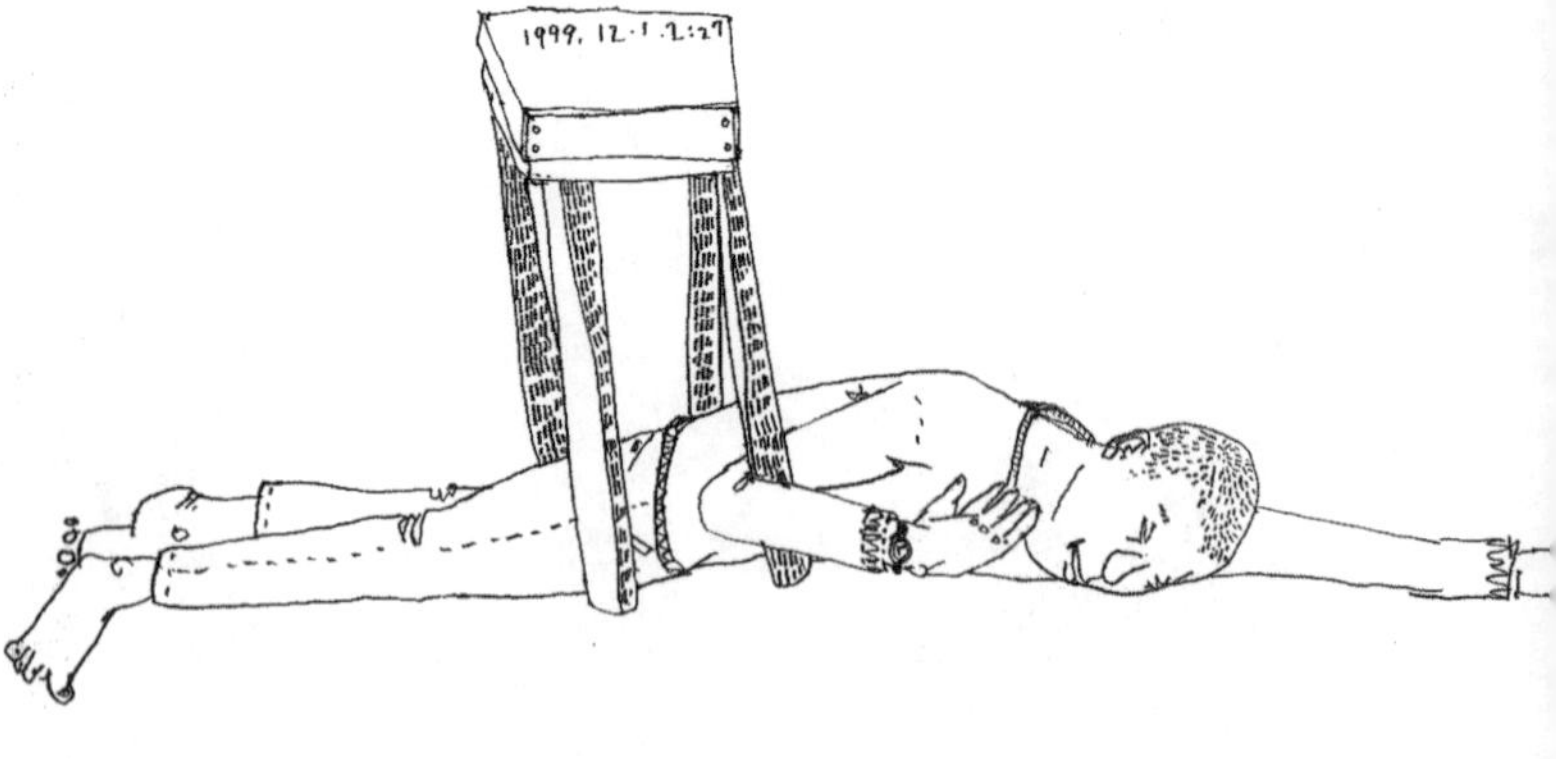

腰を据え　意を決し
ぐい、　と出てきたことへの
不確かさ

モノクロの、
分娩室の空気が　おそらく
はじめてこの肺に触れた
そこに
用意されていた歓喜湧く人垣
音も、
声も、　…モノクロ。

夏の名残のある明け方に
首に　脇に股に、　生え際に
人一倍　汗をこさえたのは

分娩台に寝そべった　まだ、名もなき女だった
後日談でいい
その日の天気が――
雨だったか知りたい

宛《あ》てがわれるべき両方の乳房
そのうち
右？　を吸った
左？　を吸った

To be,
or not
To be.
には、時期尚早。　だから、

ゲボッ　て羊水《みず》吐いて
ゲブゲブッ　て乳飲んで
ゲプッ　て乳を吐く

この肺が、習うより慣れよを学習してゆく

*

出来レースに軽がる右左
透明な天蚕糸／不透明な手蚕糸
青青と茂る世間の芝
その上で　立ちすくむ子羊は…　オス
巻き毛である。
不利益な縮毛矯正を繰りながら

鼻先にとまったアゲハ蝶が
綺麗だからと言って　早速、
求愛はできない

毛を梳《す》き　街に出る
所持金の範囲内での買いものは
慎重を期す
キスするとすると、
するに及ぶ好機を
逸するわけにはいかない
、となると
生臭いのにも寛容となる。　むしろ、
嗜好

この肺が、他人の肺と連動してゆく

左に傾《かし》いだチンポコなどより
粗国《そこく》で、
たぶんぼくは
オトコであることがうとましい

吾輩ハ、
下衆《ゲス》デアル
所帯ハ、
未ダナイ

左の乳房に吸いつくにしろ
右の乳房に吸いつくにしろ
母ちゃん、

あなたに貰った　この口は
ひとつしかないから

分娩室―ヒュードラの箱―から連れ出されると
御多分に洩れず　ぼくも
赤ん坊と呼ばれたが
いまだ　血色の悪い
オトコ、としてある

この肺は、しばしば吸うか吐くかだけ繰り返す

# 紺碧の藍より

白黒写真と古ぼけたカラー写真の
たくさん収まる分厚いアルバム
そこにいる母はまだ
あどけなさの残る

　背表紙が縒《よ》れた分だけ
　分だけ　母が　いとおしい

カニサボテンなどの居並ぶ鐘崎商店街に
ぼくら一族は生まれ　育つ

薄暗い路地は絶え間なく昭和四十年代だった
（岡持ちのへしゃげたアルミ箱に象徴されるような）
こっそり覗き込む夏簀垂《すだれ》の奥の生活
中年女の腕を辿ると
そのつけ根がたぷたぷと　無精だった
産毛《うぶげ》が罪悪に染まる
ぼくは堪えきれず全速力で駈け出す
そこに
海だけがあった。

棘の抜けないまま岩場にある真黒《まくろ》い礫《つぶて》を
見詰める　パックリと割れた
のぞく朱《あか》い果肉
ようやく抜けた棘を空へとほうり込む
鐘の鳴る岬にまた碧い夏がやってくる

真新しくなる三種の神器が覚醒の頂《いただき》を射貫《いぬ》く
首を刎ねる
亡き祖父よ　許しておくれ
海も
空も星も
ぼくは守ってやれていない

白黒写真に映る母がぼくに乳を飲ます

# 御蚕ぐるみ

換気のうまくいかない
室内プール
第2コースで　7コースで
ほらまた　第4コースで
息を吐く老人たち
劣化酸素まきちらす
ガマガエル、ヒキガエル、ウシガエル、イボガエル、等々。

闇雲に、
目的のない進化だった。　から
彼らが再び　両棲類へ戻るのも　無理もない
ついさっきのロビーでは　かろうじて

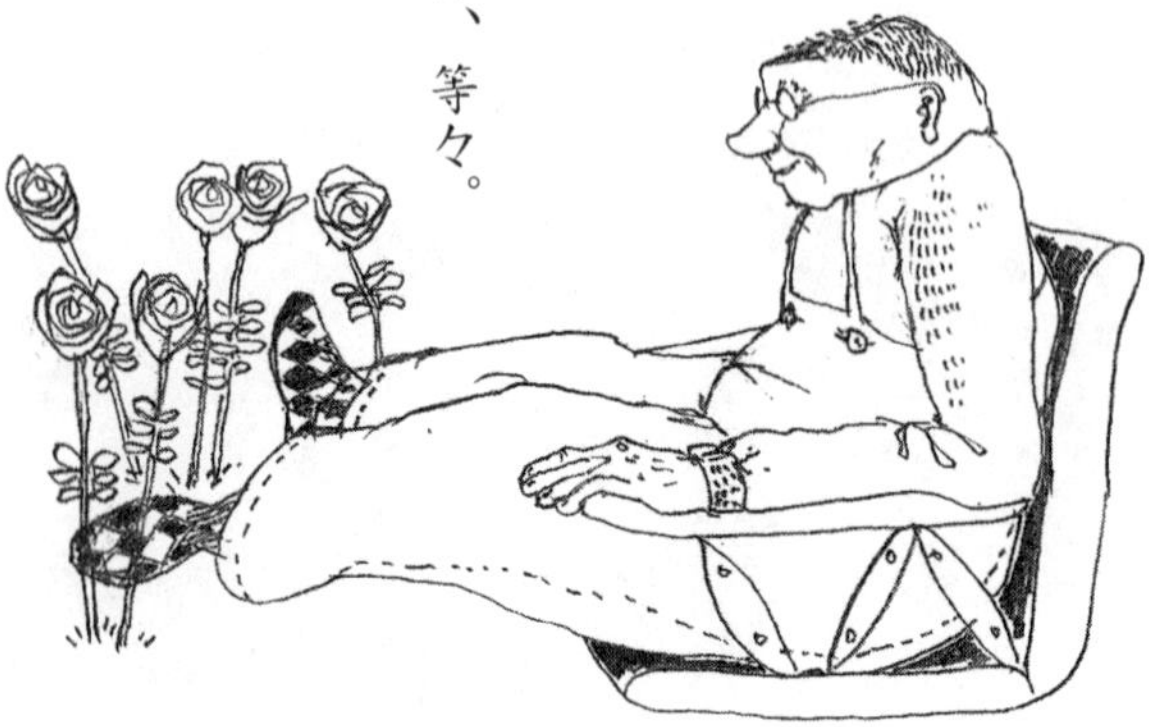

陸上二足歩行で　徘徊してる　姿があった

換気のうまくいかない
室内プール
で、ぬるり浮上しては、
必死の息継ぎ
今一度、
ほらまた今一度　つないでいけてる

室内の、
薄い空気が　急ピッチで　汚染されていく
脇に据えられた観葉植物に
強いられる負軍《まけいくさ》
酸素供給業務不眠不休

—今現在、毎分六百平方米の森が消えていってるそうな—

一等端《はし》のコースでは
筋肉笑顔のインストラクターが
幼い老人たちをぞろぞろと引き連れる
生ぬるい水しか
用意してやれなかった　昭和。　から溢れ出る
高らか鳴りき進軍ラッパ
チンドン　チンドン
路地に湧く人垣の音なき声
おチビが代わってはしゃぐ声

平日の、
換気のうまくいかない

室内プール
健康ランド、兼サナトリウム、兼ホスピス、兼保育園、等々。
老いた園児たちのはしゃぎ声が
室内プールに木霊《こだま》する
三途《さんず》のプールさえ
通園途中のアトラクション

旗振って、
旗だけ振って　遮ニムガムシャラ
この国の　礎を築いた　天近き園児たちへ

Hyper-days　捧げよう

# ヒポり暮らし

仮住まいすぐ裏の高エネルギー加速器研究所
黄色い回転灯は　昼も夜も
寒空の中でも　むさくるしい夜にも　ぐるぐる回りっぱなし
少年は、
臨界に胸ふくらませ
大人になっていずれ　女の子の　父親となる
噂
許容範囲を越え　汚染物質が　漏洩している
ホラ、
青イヒカリガミエタ　デショ？
お腹《なか》の娘がほら　…ホクソ笑ム

東へ！　西へ！　とアジってみても
土地の人は土地を、離れて暮らしはしない
鱶色《ふかいろ》の旧正月に　えっちら

ドラム缶に薪くべて　もち米を蒸す　老夫婦

ボクの場合
狷介さが導いた先の土地が、ここだった。　はずもなく　ただ、
水が、低きに流れただけのこと

茅蜩《ひぐらし》の音を上塗りして
声高の驟雨《しゅうう》は即ち　家屋内に
滝縞《たきじま》の雨を降らせた
そんな、仮住まい
以前友と　白亜地で塗り込めた仮風呂に
千生《せんな》りのカビが　来訪してきた

さあ！

さあ　いこう！
塩素系洗剤でもって　さあ　いこう!!
ヘタ打てば
呼吸器　網膜　皮膚等等、
おシャカにしちまう

花粉対策用マスク
競泳用ゴーグル
手には、
スーパーの買物袋

フル装備！
ヒーローごっこよろしく　回転ベルトは回らずとも
さあ！
さあ　いこう！　カビ退治!!

タイルの目地に沿って伸びていく　カビの配列は　ムシロ、
生理的に美しい。
マシテ、
塩素Clがカビの理《ことはり》を　乱すことなど——
無躾というもの

この僻地にて
カビと
対峙する　　　——平和。
、だった

世間外のどこか　また
家屋内のどこか

ぬるめに張った浴槽の中
ゴーグルつけたさっきのヒーロー
『30』手前、
潜る裸体が、
くの字に曲げてまで　潜る裸体が、

# 野いちご

ちょっとだけ過ぎたさっきの気持ちに
メロでもって唄おう話そう
ラララったってナニってんだかわかんないけど
メロでものっけて遊ぼう話そう
アーダ・コーダ避けて選んで胸痛めたって
気分はうきうき？
ラララ・ラララでゆるゆるに　　ゆるゆるに

あとすこし　あともすこし　あともすふぃあ
ゆるゆるな午後に
あなたと小さな、　丸い四角いテーブルで
アフタヌーンティー
ふたりしてこさえたスコーンにしたって
いっこだってきちんと揃ってなくたって

une deux trois とよっぃつむぅ
une deux trois でくちづけ　３回
ひぃふぅみぃよでくちづけ４回

春の、
トクベツな知らせをのっけた風が　寄ってていって　笑っててって
ね、笑ってって　…って言わなくたって
笑った　笑った　いっしょに笑った
死んでって　言わなくたって
『ボクなら死ねる』　…実感ないけど。
青の、
トートバッグに紛れ込んだ矢車菊が
ピチカートなあなたの指に
そっと似合う

白い自転車《ママチャリ》でもって　くねくね路　あなたの下《もと》へ
ペダルをぐんぐん　こいで　それだけで
近づいてく　近づいてった…。

紅茶用の砂時計をひっくり返す
空から島に　砂が降る
雪のようにとけてかない　きらきらした砂

ポットの中
さくら茶葉
ひらいてく
アクアに色、　移してく

# AQUA

水分80%の僕のウツワ／　漏れ出す水／　狼狽す
前触れのない、決潰《けっかい》
涓滴の背骨
その獰猛な真摯《ひたむき》さ
穴を　水が　本能的に　抜け出るとき　……
じくんじくん／
……
稀有な痛みが湧いて出る
摑めない…
手のひらで。
おしえて／　くれないか

穴が　四つ六つと増す
とっちらかった、　穴。　　…蓋。
あたふた　…蓋　…穴
ああ　こっちでも
ああ　あっちでも
理性理性理性／　理性理性理性／　　…ああ

射貫いた鏃《やじり》の行方。　を探す　　…ふりをする　　…あやふやに。

ブリキみたく、　痩せこけた躰は、　　愚鈍を絵に、　描いたよう
痛むのは、　そこじゃなく
闇雲に　　恋、
と決めつけるのは、単なる　はやとちり。
――
むしろ、　契約です。

僕だった水／
あなたに降り注ぐ
歪な、　弾痕の、　花、　…穴。
理由はどうあれ　あなたは
閼伽児《あかご》みたく、　泣きじゃくった
野辺の花がいちどきに咲きみだれるように
あなたの全ひだ／　ありったけの触手／
ヨダツ

あなたのこさえた礫は　鋭利とは程遠く、　ただ…
強靭。だった
鈍く、　この躰を射貫いたから
それはそれで
あなたの愛欲を、　刺青《しせい》した／　…気でいたりして。

少年。　だった

そして僕は　あなたにも　貫《あ》けていく
なぜならこれは　契約。　だから

熱心に熱心に
求め、
ほどこした。
あなたがまだ　頑に、
少女。　だったから

一度きりのシンクロを、
そのひとコマを、
果てなく微分して　あなたをとじ込め
律儀《ひたむき》さを侵してゆくほど

求め、
ほどこした。

無邪気に、慚愧してゆく　あなたと僕
愛欲、液、垢、淦《あか》、閼伽《あか》、――
赤い雨／
錆びた水の、
燃えたぎる鉄の、

蓄えて蓄えて
じくんじくん。　とした痛みを　…欲しがった
溶けたり、　ただれたり、
そうして互いに

繕ってあげたっけ。
手垢だらけのウツワ
その出来映《ば》えにあなたは
満たされ通しだったたっけ。。
水だけがいつだって
真新しくってさ。。。

。。
。。。

。。。。

。。

グーズベリージャム

ズボンの裾がほつれるワケ
オーバーオールを好むオトナがいるワケ

概してそんなオトナは、ポケットがより多いのを好む
なぜなら、散歩で拾った木の実やなんかをいつでもしまえるように

ひとつめ。オトコってやつはあたふた生きてちゃダメなのさ
左胸のポケットには群れへの抗いを閉じ込めて――

長く着古した柄シャツなんかいい
とれたてのヤギのチチは白くていい
ただ　糊のきいた白いシャツは遠慮したい
心地よい空腹がもう昼どきを告げる

お腹のあたりがブカブカなやつなんかいい

ほら、
木陰でおびえる野ウサギを
ひょいとお腹にしまうのに丁度いいだろう
こうしてオトコはママの気持ちを学ぶのさ
「あっ、そこのジャム……」

オーバーオールを好むオトナは、
ステッチを好む
ひらたく言えばただの波縫いで
こと赤やら黄やらに目がないはずだ
ミシン縫いよりもちろん手縫いでザクリザクリ
デニム生地から覗く波縫いの軌跡
きらめく奔放な点線
潜っては飛翔する夢のあとさき

ふたつめ。刳り舟にのって地平線の彼方を目指そう
左胸の波縫いは友の血で繕った友情の証

ただ　忘れないでおくれ
ぼくが　さびしがりってことを
そして　ハックルベリーフィンが大好きだってことを

# TEXT

はなうたまじりの花摘みなんて
ごきげんですね
いぃや
ごきげんでも…　なくもないかな。

亜土ちゃんみたく　舌ったらずで
トゥルッピドゥ　トゥルッピドゥ
蝶の舌　かたつむりの背中　ペコちゃんのキャンディ
両手で花まる　トゥルッピドゥ

きいてきいて　今日ね、
こんないい絵本みつけたんだ
何千人ってみてると思うよ、　　けど、
ぼくがいっちばん　すきなはず

世界地図とりだして
ムーミン谷　必死んなって探して探して
こっちとこっち折りまげて　　ネ、
ほらネ。。

＊

春。　春春春春春春春春春るぅぅぅ……
ぅぅぅ　なんです。
マイペンライ／マイペンライ／マイペンライ／マイペンライ／マイペンライ
気にすること…　なぁんにもないんです。

シャムシャムシャムシャムシャムシャ
バォニュウティェンでお腹いっぱい
ハノイ／ピイ／ホーチミン／シェムリアップ
痩せてるひとも　そうでないひとも。

たこのあしのまるっこいの
右行って左行って右　テレコレコレコ

くじらの竜田揚げ　そんな給食あったよね
『順番でぇぇぇす』　テレコレコレコ

おれ、オトコのコだから、お弁当《べんと》なんて、詰めっこないけど
おむすび三つ、並べてみた
ママのとなりで、　ぃや
きみのとなり。　の方がいい

*

田植えやんのなんていやじゃない?
まがももたがめもおたまじゃくしもおたまじゃえるもたっくさんいるし。
ピョンとすこしチョイ、高く跳びあがってみる
翠色《みどりいろ》の田園

アンクル丈の緋色のブーツ　買ったんだ
あんまね　履いてないけどね
アンコールワット　初めて見たよ。
あんぽんだから裸足ネ　やけどしてネ　　うれしかったヨ。。

スィアモってオンナのコに会ったんだ。　浅黒い顔しててさ。
あのコ　口利けないんだってさ
近所のおばさんがそう言ってた。　でも、　でも、　……
なんだっつんだょ。

ミルクパンでサ 牛乳あっためたときサ できるサ 薄いサ 白いサ 膜をサ
テクマクマヤコンテクマクマヤコン
……
スィアモが笑って　歌ってる。。。

＊

10月に行ったZOO《どうぶつえん》。　覚えてる？
まあるいレンズのくせして　四角い写真だよ
まるのまんま　移したい
まあるいまんま　まあるいまんま

紅茶《アールグレイ》の中でふたりして寝そべってて
ねぇ今　なに考えてた？
星摘《ツミ》ノコト？
雪拾《ヒロイ》ノコト？

届かないかなぁ
空と木の葉と触れて滲む　ほら　あの　あれが。
伝えたいなぁ

僕と君と、ボクとで滲む　そう　この　気持ち。

これって難問です
いつのまにやらこっちが　片思いなんですから
これって神秘です
この『ホシ』を知る、一等初めのお勉強《べんきょ》ですから

# 列島ワイナリー

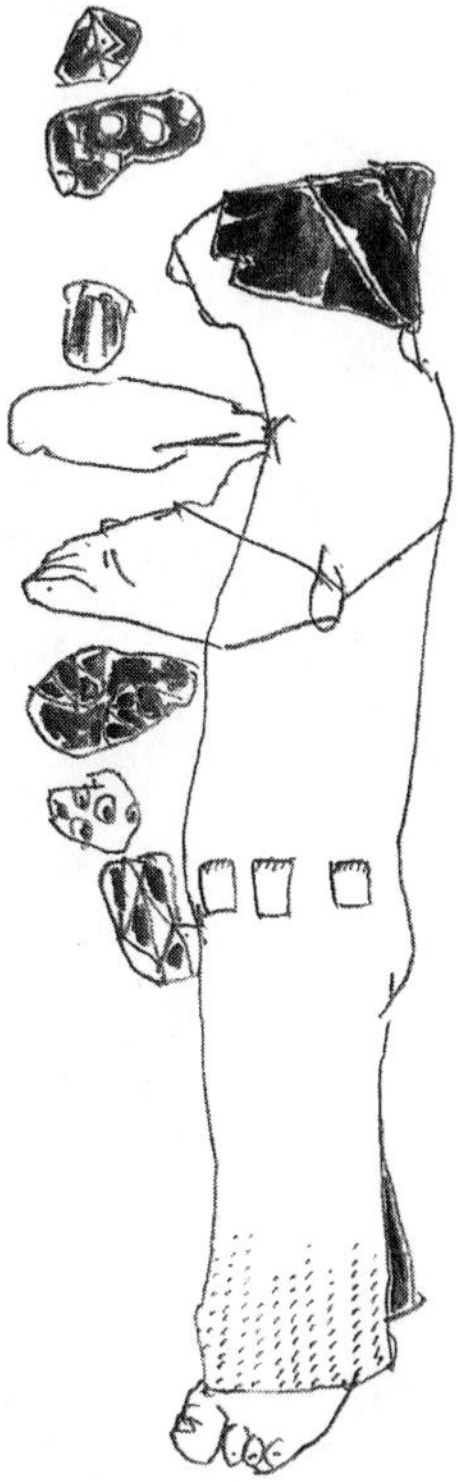

コバルト色した遊びの口実
蹴鞠遊びで　アンニョン―にちは
円《イエン》を託されし星の王子さま
東京タワーのてっぺんに立ち
とりあえずは　濁世《じょくせ》に蓋
卯月曇りの幕が開けば
逆巻く夏が　火蓋を切る

愛国めいたブドウの実
ソレ！
皆　口に含む
さあ！
水はけの良い大地
さあ！
陽のさんさんと射す恵みの大地　そこで、
ブドウ畑を作ろう！
ほっぺが、
落ちるくらいおいしいブドウを

我、遠慮ない
我、美徳ない
とりあえず　皆　ブドウの実
出荷待ち――

たわわに肥ゆるゴク潰し
間引かれ世代――
御鉢が回るリストランテ

ヒョイと面《つら》出す　神道イズムに
根づかなかった　メンデルの思惑
ツェツェ蠅さえ　実践する　優性遺伝の大原則
宙空を旋回する円《イエン》に
左見右見《とみこうみ》のカミカゼ信者
火が消えて、
すやすや眠る
みんなみんな火の車
みんなみんな泥の舟

その日限りの遊びの口実
その場凌ぎの実のない言い訳
北半球では、
朝な夕な　陽射しの前借り
地味目なスーツ列島で　今日も続く
余興混じりのババ抜き遊び

茶髪《チャパツ》の托鉢僧が、　足を運ぶハローワーク
額に、
汗して働く。…って　ソレ笑エル。
蜜を喰う。　親の
蜜を喰う。　列島の
隣国の。
残存してる　限りの蜜

俄《にわか》に、
列島の碧き戦士《キリギリス》が
固唾《かたず》を呑む
ある　夏の午後
ある　スタジアムで

憂いヅケに鼻さえつまめば
とりあえず、
豊食。
とりあえず、
豊穣。
？

# 花占い

罌粟《けし》
……
罌粟
……
……

＊

鉛を媒介したのは右の手
嫉みと執着の、右の手

塗り込んでゆく
芯という質量で
闇にしてゆく。
大量であり、　多量である。
路面には今日も　ワタまみれの薄汚い雑巾
平らかに、
ならされてゆく

整備された街路樹が　控えめな冬の朝陽に映えた日
平凡的無精なツラの男
首を傾いだまま
南へ向け　ハンドルを握る
頬骨を見る限り男は、　好色漢。
結わえても結わえても　ナマ臭さが、　漏れ出す女

昨夜
ゴートな肉を味わった女
ふと一面、　皆
首を傾いでいる風景
予、
コンテンポラリーなひとびと
大量であり、　多量。
進行するシェルの中
煮えくり返る腹《ワタ》の、　火種さえ　　明らめないまま
出来合いの巣に、　戻ってゆく。　　暮れてゆく。
平らかに、
ならされてゆく

再び

好色漢の男の出馬と、テイの良い保身
無尽蔵、である。

蔓延するハズレくじに希望《ケシ》のエッセンスを一滴
無計画、である。
確信的、である。

浮《うわ》ついたコンテンポラリーと、
着ぶくれのコンドーム。
保身、である。

ああ僕は、
保身を捨て　君を
欲しがる。

今日の　昨日の　今の
今の君の、
量。　を知りたい

二杯目のコーヒーを入れる間に
更《ふ》けたはずの夜が更に更ける
焦がれてゆく。

消しても消しても／もがいてもあがいても
墨の形が　移ろってゆくだけ
まとわりつくだけ

プロパガンダの、
器具でもあるトナカイさんは
墨の渦中でさえ　子らの願いを嗅ぎわける

記憶《ムカシ》の、
日常《イマ》の、
救世主。

大量の、
認知《アキラメ》。
に、屈しない希望《モルヒネ》

スクロール／スクロール／スクロール

……
……
しても、

……
……
しても、
君の――
声が――
のっかってない、　フィルム
のっぺりした日付だけが　リピートされてゆく

進展のない　永い一日
進展のない、　永い一日　なら
宇宙をホラ、

もっと近そうな空に見たてて
九ちゃんの唄でも口ずさんだ。
なんべんだって、　　口ずさんだ。

もう、
言っちゃうけど、
『　　』は、
「空」、の上じゃなく
「雲」、の上じゃなく
胸《ココ》、にある。

保身を、
燃えたぎる胸《ロ》にくべ
たまにはその胸《ムネ》
かっ捌いて

外の空気を入れよっか
舞い込んだ罌粟の　ひとひらで
すきか　きらいか
きめよっか

# 緩衝材

確保しました!!
犯人の／
身柄を／
犯人の身柄／確保しました！
―ンで、人質の模様は？
人質の／
人質の身柄も／
確保です！
血を／流すこともなく
無事です！
―血を流す、でもなく　…ですかハァ

矩形《くけい》の向こう。　にしかない…〃現場〃
事態の…
陳列方法。
この期に及んで
〃明るい〃
ニュース探し　…ですかハァ
ンだから　作為‐まみれ
ンだから　矢継ぎ早のニュース
の、上塗り。

憂い風味プンプンのキミたちへ
ガス抜きは　済んだかい？
それでは／
〃お口直し〃のニュースです

あの現場では
蝶々結びのできない十八歳児たちが
水槽の中のアメリカザリガニみたく
普《あまね》く、
日本国中各家庭に向け　ピース発信
遍《あまね》く、
日本国中各家庭のそれが、〝スタンダード〟
アホらしく、
日本国中各家庭の食事が　一斉に、
再開される。　…悪しからず。

食卓に居並ぶ　連中の舌を
並ぶ味気のないおかずが
素通りしていく

冷奴。

「薬味？　…あさつきも合うねェ」

劇的。

…な〝現場〟

平和と、
平和と、平和。
の間を
すり抜ける世界の雨脚　　ホラ
ひとすじひとすじの影《プリズム》が
味気なかった　平和を彩る

キミのコト／
ホントはボク／
知ラナイ

……
けど　これからは、
関わってたい
関わって　いきたい

# 日室《ひむろ》より

キンカンパンにはしたくなかった
額の左上
4針縫った傷のあと
ぼくより先に生まれた、兄貴
兄貴。　とそう
呼んだことはなく　いつしか
呼び捨ての間柄にしてしまっていた
そもそもこの額の傷も　　兄貴。
指令に忠実な兄貴の友達に
前歯をへし折られたことも
眼の前に
生まれて初めて飛んできた

リアルな、グーのパンチ
けれど、
駄菓子屋《もろつや》でくすねてきたチロルチョコを
息急き切って真っ先に
分けあったのも
兄貴とだった

もやの張り詰めた朝にも　兄貴は
パチンコ玉みたく
櫟《くぬぎ》の木　木という木を　蹴散らして廻った
ボトボトッ　ボトボトボトッ
兄貴の夏休みは、
クワガタやら、カブトムシやらの
驟雨《しゅうう》を降らせた
ぼやけた朝。　黒い筋の、サウンドトラック

夢中で駈けよった先のズックが
朝露で濡れていて
兄貴こそ霹靂。　そのものだった

キンカンパンの兄貴しか　思い出せない
古代紫色の風呂敷　首に巻いて
ライダー1号のポーズをとる兄貴しか
マジンガーZのトレーナーも
大きなペンギンのトレーナーも
おそろいだった

仲居をする母を　夜中
迎えに行く
何度も。
何万歩も。

さみしさが、　日常だった
おそろいだった

*

水色の散髪用シートを　母は
いつも強く締めた
バリカンのモーター音が、トタンを揺らす
自転車用の差し油を必ず差す祖父
鉄の刃と
油のこすれた臭いが　鼻腔に
昭和を残した
不意に届く、タイムカプセル
それもこれも

慣れすぎた儀式

はためくシートは
髪の束を掬ってみせ、　翻っては
それを零した
手垢だらけのコンクリに
吸いつくみたく　落ちていく

鳩胸の、
兄貴は
高速回転する衛星みたく
母と、　ぼくの、
近くでくるくる　廻っていた

母を、　巡る。

授けられた母を、　巡る

大人になってやっと
馴染みの床屋ができた
任せっきりの。
近頃では
顎ひげと口ひげと　生やすようにしている
時折
首元がひんやりする
出入りする客のせいか
また　ドアが開く

# バオバブ

臍の緒は、
母と子　どちらの身体に
帰属するのだろう

＊

見慣れない人が　管を切断《き》る
同じ痛み、
あなたと共に味わえた、
たった一度の瞬間。
以来

ボクとあなたの身体は　つながってなく――
芽がでて
膨らんで
切り離されていった

銀河さえ分裂して、子を増やすように
若くして二度三度
あなたは小さな星を分裂させた
最期へ向かうための軌道と、
温みのありかを、　　ひそやかに

経緯なく
父親は入れ替わった
風が運んだ　タンポポの種のように

あなたもここで　芽を出していくのですね

この小さな星を
卑しいバケツにしかしまえなかったと、　　　あなたは
燃えさかる炎の帯で、
自分の胸を締めあげた。　そしてその身体の内に
幾多の星を散りばめてしまう
痛みをもってだけ、
一呼吸。を生きた

でもボクらには
遠くの夜空に飾られるよりも　そっちの方がずっと、
しあわせ。だった
あなたの癖と　一部始終をそばで

受け継ぐことができるから

あなたが作る夕飯はいつも
魔法仕立てでこたつに並び、
おいしいかどうかいつも、　聞きたがってた　あなたに
一度だってそう　口にしたことがなかったのは
……
あたりまえに、
おいしかったから

昼と夜となく働くあなたを、　引きちぎって
ひとりじめにしたがった
どの手綱にも　手のかかる星たち。　だから
居眠りの眉間の皺さえ、

母親。だった

嫌というほど病院に舞い戻った
転々と。　転々と。
プラスティックの上に並んだ食事はどれも　のっぺりしていて
顔が、　…見えなかった

恋しくて　さみしくて
ただ　会いに行った
約束もなく、　快気を　…せがむでもなく

ヨウコにはまだ　台所は高く
タカシにはまだ　夜が永すぎた

ニイチャンとよく『英ちゃんうどん』に行った
粗野な峠みちと、暗い夜空が好きだった
雪が、　降った
しんしんとも。

ヤニ色の油は店内に、　しみったれた
ビニール張りの丸椅子の下で足を、　ぷらんぷらんさせた
ぐらぐら沸きつづけるお湯が鈍色の店内に、　鳴りやまない
血色の悪い螢光灯に照らされる、　対のいなりずし
隣ですすっていたニイチャンの顔を、　覚えてない
目の前の鉢が顔を、　覆い尽くしてた
ヤニ色。
肉の脂は、鉢の中でぷかんぷかん　揺れていて
すすけた顔の奥で、
頬も耳も、

# 紅潮した

パジャマは湿ったまま
寝ても覚めても日は　漫然としか　移ろわなかった
ぺっとりぺっとり　廊下を
引き連れて歩くスリッパの、音
同じ壁同じ廊下同じ天井
上ヲ向イテ歩イテモ、
神経質な蛍光灯と　無機質な蛾の衝突音

指紋さえないガラスケースに
よその誰かのお腹でできた石が　並んでた
輪っかのない土星みたいなのもあって
どれもこれも

素姓の知れない、石

宇宙も石を生み
あなたも石を生んだ

未成熟、だった
いつかこぼしたあなただけど
手綱を摑むその掌だけは、
頑強。だった

＊

あの時バケツにしまいこんだ　三つの星たちは今
あなたに内緒で宙に浮いて

手綱のひもをたわませた
はじめて、
あなたの掌に、　肩に、　くいこんだ
赤黒い手綱の痕を　間近にした
母親《カアチャン》のボクらへの、
ボクらの一生涯への、
答え。だった

＊

あなたが　眠りに就く　その前まで
一呼吸　一呼吸　生きて
少しずつ　わかっていく　あなたの癖
それは

その起源《はは》に　温みを
恒恒と　届け
伝えつづける　という事

臍の緒は、
だから
……
……
。

子ら

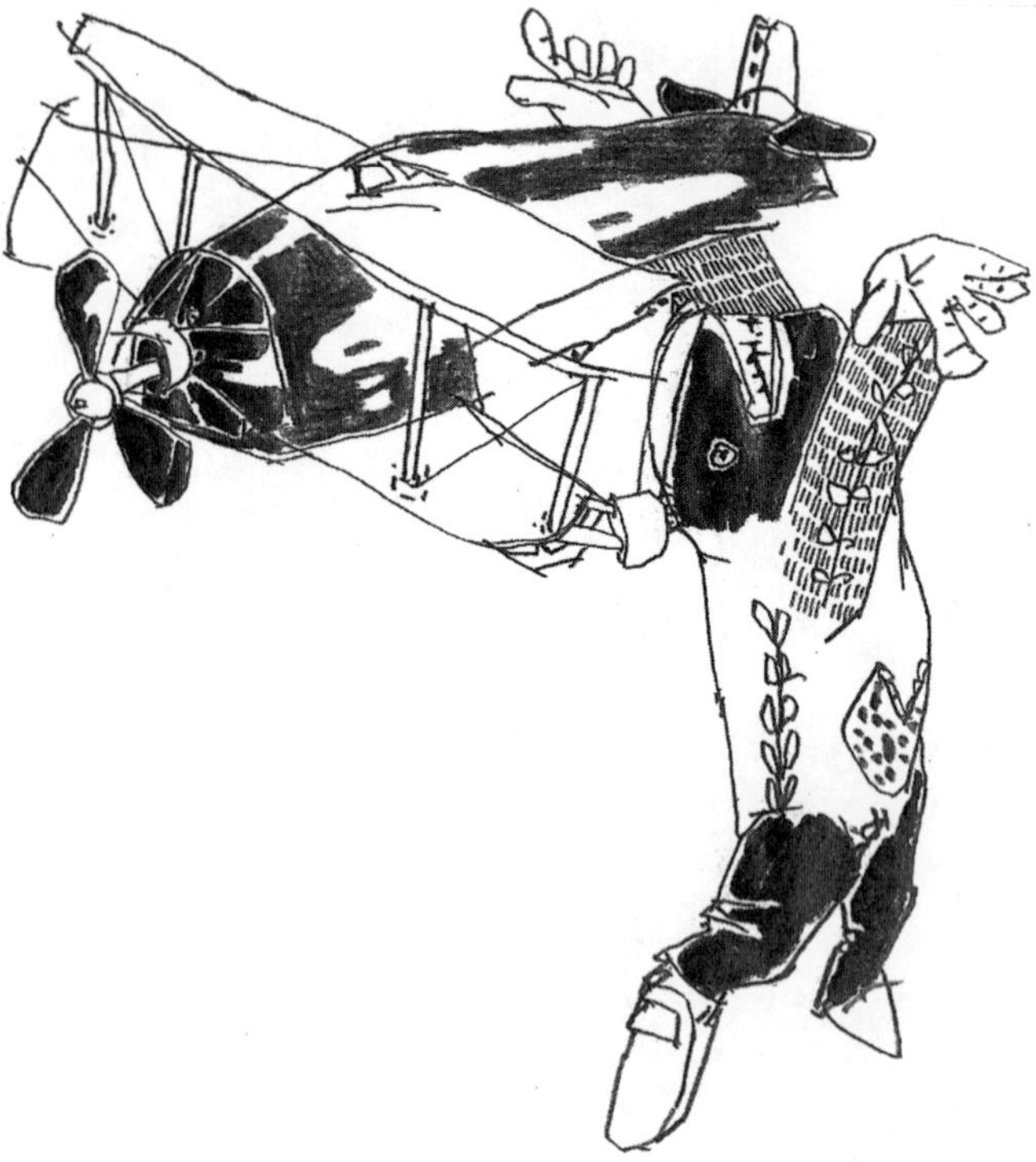

エーヤワディー川に泡《あぶく》が二三ポチ
七重八重に束なった縒《よ》れた輪ゴム
逞しさはいつも友と共に
一重二重と育ってゆく
お手柄はいつも
少年の心をくすぐった
四の五の言わずゴムを引く
放った小石が
あさっての方へ飛んで出ても
子らの今に、
迷いはない。
威風　吹く
歪《いびつ》な空気の振動が、耳元に残ったまま
女は粉せっけんで、布を扱く

あっけらかんとブレーキのない　骨組み自転車を
三角漕ぎでもって
早苗ちょいと過ぎ
薫風
胸いっぱい吸い込んで　出掛けよう
たわんだチェーンが外れる度
子らは
砂埃の塗《まぶ》さった歯車へと収めた
ポワン。と
たわんだチェーン
今在ることで事足りる風
真帆《まほ》真帆っと、
シャツが揺れる

子らがハンドルを回しあう度

仕事場は一変　遊び場へと変わる
バカ回し　バカ笑い
火のついたハンドルに　しがみつく子ら
おどけ狂い　はしゃぎ狂い
ペコタンペコタン　上半身を揺らす
出たり入ったりのさとうきびは
ボッサボッサであり、
バッサバッサになり、
甘く濁った液体に　たまんなく　氷が浮かぶ
山吹色。

据え置きの鉋《かんな》の上を　氷が
シャギシャギ往き来するその奥で　子らが
黒瞳《くろめ》の大きな子らが
米つぶみたいな歯でもって、　はにかむ。

あどけない歯茎の、
桃色。

日暮れあと
堅いとうもろこし
赤黒い木炭
ひっきりなしに煽ぐ少女
鼻の下　珠《たま》のような汗
一意専心一心不乱
パタパタ煽ぐ　小っちゃな手
おシゴト　うまくいったなら
おバアに　褒められた。。

とうもろこし畑を
モゾモゾ揺らしたのは子らで、

川にズパポン飛び込む子らと
パンツを乾かしたのはぼくで、
旅路のおもてなしか
青空も味方して、
何度も何度も　味方して
土塊《つちくれ》のついた鮮やかな野菜を　人を　家畜を
運ぶトラックのモックモクの、
黒い排ガス。
の去ったあとの
モッコモコの、
入道雲

垣根のない子らが、　赤児を抱く
子らが、
誰のものでもなくなる

逞しくなる
キラキラしてくる
ありとあらゆる
領分を消す
空に引かれた見えない線も。
きみとぼくの遠い距離も。
んでもって、
そこいらの川に飛び込む
水飛沫が空へと舞い上がる
空は、
そのことで気を害しはしない
子らは、
水牛に乗り　水牛を追い
空は、
水先案内をしてくれる

だから子らは、
迷わない

*

ぼくらはボタンを何億回と打つ
子らは独楽《こま》をその分回す
塗装《ペンキ》が剝げ　木肌が現れ
じゃがいもみたいな独楽を
回し続ける
受け継がれてゆく

裸足の子らの足元に
雪が　訪れることはなく、

氷レモン。
つくれないけど
チョロっとさっきの川に放物線　並んで描けば
潜り抜けたその先は
いつも、青空。
貨物船が移ろう
移ろった彼方　海原の、
碧色。

子らは
その海さえ見ることなく　生き続ける
『しょっぺぇ！』　と
声をあげてはしゃぐ姿を、
あたらしい子らの舌と
あたらしい潮水が出会うその姿を、

あたらしい夏を前に
思い描く

# ランドマーク

（ア）から始まるアドバルーン
雨上がりの灰の暮れ
円《まる》で飾った幾何学模様は根城の彼方に映えていた

（ア）から始まるアドバルーン
春日《かすが》の田んぼと百貨店S
百二百。小窓の傍から円《まる》で囲った幾何学模様

（ア）から始まるアドバルーン
札束たちのしぶとい根っこ
陸《おか》へ上がった腐っても円《イエン》　下世ワ世ワ

百貨店Ｓの駐車場を見たことがある
敷地へ向かう外車のエンブレムに
指だけ銜えた
立葵美しい　遠くの畦道で
呑気《のんき》にそよぐその頭を　ボーッと眺める

黄色がチープな垂れ幕は　この街の
軸となり
タラチネの、円《えん》を描いた
夢の都の広告船　ふわり
そこからこっちが見えてるかぁ？

午睡の中で
わずかに、

イビツだった

㈠から始まり　㈡で終わる

㈠から始まり　㈡で廻わる

# 木　蓮

こんなにちっぽけなプラネットで
　クラリネットでも吹きたい気分で
どうしよう
　どうしよう

見慣れた山のあちらでは
果樹園の梨は　真っ白な
八重の花をつける
一度だけの、
白無垢姿

ほっかむりかむったみつばちたちは
受粉に余念がない。ふうでもなく、
一遍、
暦が還ったことも気づかずに
射し込む陽光のもと
世話ばなしに花を咲かせる

ぴぃちくでなく
ぱぁちくでもなく

ブンブンブン
　おいけのまわりに
　おはながさいた。　よ。

八郷町梨園沿いの散歩
携えることは叶わない　あなた。　それでも、
ひとりよがりに　交信したくて。
だって
こんなぽかぽか陽気だから

すぐさま届いた返事はすぐさま　宝物にかわった　だって、
今日はこんな　ぽかぽか陽気だから。　だって、
だってあなたがシアワセ　そう。　だったから。
それが…
…うれしくて

先だって結婚したあなたが
こちらに戻ってきて
土を触り、
野菜を育て　花を咲かす
汗ばんだおでこに少しだけ
くるり巻いた前髪がくっつくから
　ぽやぁん。
そんな笑みでもって　ぷっ
と、おならでも鳴らしたりして
――シアワセの風――
そよ吹くものだから　少しだけ
　ぷわぁん。
かかとが浮かんだ

こちら雪入《ゆきいり》にも　ゆるやかに
土の匂いが薫っている
互いが
近くにいた頃のメロディを口ずさむ
ドと、
ミと　シの音が
うまく出せないけれど…　今は、
どうもしない。　どうも
だって、
あんなに大事にしてたから
だって、
こんな　ぽかぽか陽気。　でしょ？

ドローイング

手のひらより
少しだけ大きな植木鉢で
朝顔を育てる　夏に　手のひらより大きな
向日葵《ひまわり》を育てる

いとおしくなる。

ぼくは　朝顔を囲《かこ》う
向日葵は　ぼくだけに独占される
手のひらより
ずっと大きな　ぼくに　土地があれば
もっと大きな
花になる

いとおしくなる。。

みんな　みんな　みんな
囲った花を
いとおしく思う。　から
丸いこの星に　線を　引きたがるの？　だろう
楽園《パラダイス》の語源は、囲われた土地。　だとか

注ぎし愛情は　決して
穢《けが》したくはない。　から
天まで　塀を　積み上げたがるの？　だろう
垂直に、
愛情が深さを　増してゆく

みんな　みんな　みんな
シアワセまみれ

シアワセ（風）生活様式《ライフスタイル》にせっつかれ、　　たがる
少しだけ
夜の濁りが残る　朝に　ぼくの
朝顔が、
ひらきました
尖った先の五つの悲しみを　円で囲うように

燦燦と
降り注いで下さい。　と太陽に　お願いします
一つ一つの悲しみと　向き合いたいから

円周率のはじまりも　サンです
丸いこの星に　線を引いて
囲っても、囲っても

その尾っぽは見つかりません
つたない英知じゃ
理に適《かな》う線は引けないの？　です

ぼく《ダレカ》が
雑食である限り
これからも誰《ボク》かが
血を流すことは　厭わないつもりです
けれど、
線の、むこうで流れた血の、
色さえ本当は　何色か　無関心《ワカラナイ》でいるから
せめてその血を
花のように
いとおしく思いたいのです

やっぱり夜明けが
あちらからやってきて　タニン《ボク》の
緋《あか》い朝顔が
ひらきました

# あなたの土
# あしたの土

手紙を書きました
手紙が届きました
星を送ります
夜空に送ります
（樫の木に添えて）
樫の葉とネモフィラの花とを封筒に入れときます
初めて育てた花です

冬空　いつも突然のようによびつけられ
手紙を渡されます
うれしくて、

うれしくてすぐ　返事を書きます
2℃ほどの冬空は
とても寒く　でも
ぬくみがあります
日曜日の夜だからこの星には誰もいません

青みのない空が好きです
交差点にとび交う電線が夜空を
閉じ込めます　独り占めに
します

夜空をなめす　どんどんなめす
土は移されていく
ネモフィラ色を　ご存じですか

**著者プロフィール**


**井上 利夫**（いのうえ としお）

1973年福岡県に生まれる。
絵と詩を通して、生きる事を描きつづけている。



**S★N 星の名を名づけよう**

2004年 5 月15日　初版第 1 刷発行

著　者　井上 利夫
発行者　瓜谷 綱延
発行所　株式会社文芸社
〒160-0022 東京都新宿区新宿1－10－1
電話 03-5369-3060（編集）
03-5369-2299（販売）

印刷所　株式会社エーヴィスシステムズ





ISBN4-8355-7447-8 C0092